抱著老母雞逃難

馬景賢◎著　　吳嘉鴻◎圖

童年呵！
是夢中的真，是真中的夢，
是回憶時含淚的微笑。

—— 冰心

童年是回憶時含淚的微笑

　　從我的家庭背景看，不可能有從事文化工作的機會，因為父親是個手藝人，家境不是很好，在我的記憶裡，父親被生活的擔子壓得很重，他不但沒對我笑過，好像連話也沒跟我說過幾句。但是，他並不是不愛我，我很了解他因為不識字吃過不少虧，所以他整天像牛馬一樣工作，希望他的孩子都能夠上學讀書。在家中我最小，排行第九，上面還有四個哥哥和四個姊姊，一大堆人吃飯已經不易，要想讀書談何容易。我的童年是在抗日戰爭時度過，然後是幾十年海外漂泊的生活。寂寞時常常想起冰心在繁星中的詩句：「童年呵！是夢中的真，是真中的夢，是回憶時含淚的微笑。」

　　一九三三年四月十二日，我出生在以栗子出名的地方（河北省良鄉縣）。誕生在一個四面環河的小鎮上，童年對我是一個空白。一九四八年九月，十五歲的我獨自離家到上海，當了七年的小兵。我受的教育很不完整，初中、高中到大學，都是一面在圖書館工作，一面在夜間上學完成。圖書館的工作影響了我的一生，也讓我跟兒童文學結下了因緣。

　　我小時候看了不少武俠小說，很喜歡畫畫。兒童讀物在小時候只看過《藍鬍子》、《拇指湯姆》和《寄小讀者》。從事兒童文學工作，是因為受工作環境的影響，偶爾寫些小書評、兒童刊物介紹和兒童讀物出版概況，因為這個原因，在一九六四年間，結識了好朋友林良、徐增淵、蘇尚耀及林海音等兒童文

學前輩。這時候我寫的東西很雜,能稱得上兒童文學作品的,是為臺灣電視公司《丁丁與小蕙》兒童節目寫的不少兒童電視劇。

一九五六年師範大學國文系畢業後,被美國普林斯敦大學葛斯德東方圖書館聘為交換館員。這所圖書館有很豐富的中文藏書,是胡適先生一手經營起來的,在工作上接觸了不少文史書籍,引起我很大的興趣。但是最吸引我的,是在我住所不遠的一所社區圖書館,因為那裡有我喜歡的兒童讀物,它們是讓我正式對兒童文學發生興趣的開始。

兩年後,一九七〇年九月返回臺灣,仍在圖書館工作。算一算,從十五歲到寫這篇小傳時,我已經在圖書館工作四十多年了。

一九七二年初，在與林良先生聊天時提出了編《兒童文學周刊》的事，不久就實現了。這年四月一日，《兒童文學周刊》正式創刊，每周刊出一次，編到第500期，因為工作太忙而辭去編務。

　　《兒童文學周刊》的版面不大，每期僅能刊出四千五百字，但對關心兒童文學的工作者，在意見交流上和兒童文學知識普及方面有很有大的幫助，尤其對小學老師有很大的影響。在「洪建全兒童文學創作獎」和各種兒童文學活動方面，有機會盡量去參與。尤其是洪建全兒童文學創作獎的推動，多年來結交了不少新的兒童文學作家和插圖畫家。

　　一九八七年我繼林良先生，被推舉為兒童文學會理事長，並擔任《兒童日

報》的顧問，平日凡是喜好兒童文學的朋友來找，或是提供一些出版意見，我都樂意幫忙，雖然花去不少時間，但是為孩子工作，心裡覺得很踏實。

我編過《兒童文學論著索引》，第一篇描寫懷鄉的散文〈栗子〉得過一個獎，但主要仍以兒童文學寫作為主。翻開自己的紀錄，卻發現翻譯、改寫、主編的占大多數，創作的以兒歌、圖畫故事比較多。仔細思考後，覺得應該從事更多的創作，留給孩子們一些值得他們喜歡的作品。

兒童文學創作是一條寬廣、寂寞的路，也是最值得走的路。多年前，有機會重返我生長的地方，有如回到時光隧道，除了感慨時光不再，手撫兒時嬉戲的大石橋欄杆，心中默默的想，在有生之年，我要把我的心永遠奉獻給孩子。

引導孩子和書做朋友

　　我讀小學的時候，從來沒有為考試煩惱過，考初中時也只考了一題：「黃河發源在哪裡？流經哪幾省？」竟然就被錄取了。對現在的小朋友來說，真是有些不可思議。小學時，我的學校靠河邊，下課十分鐘跳到小河裡去游水，抓魚、摸蝦、玩泥巴是最大的樂趣，由於父母老師都不管，所以給童年留下自由難忘的回憶。

　　這幾篇童年回憶只是片段記憶，有的是含淚的笑，現在想起來就像是夢。尤其是十六歲後一個人在外，要工作要吃飯，遭遇過不少困難，吃了不少的苦頭。白天工作，晚上讀夜校，在大雨中，腳上穿著裂開大嘴的球鞋，踩著雨水

行走，響起叭噠叭噠的聲音，像是訴說著自己心中的苦悶。

　　當我進入圖書館工作，看了于右任在《牧羊兒自述》書裡記述他小時候的事，深深影響了我，從此開始自修學習，要能站起來必須要自立自強，《開明國語課本》和《開明英文讀本》成了我自修的主要讀物，遇到不懂的就請教別人，後來居然靠著這一點點基礎，進入中學夜間部，然後進入大學夜間部。一本書真的可以影響一個人的一生。這也讓我了解吸收知識和閱讀的重要性，至今閱讀仍然是我生活中最重要的工作，也讓我退休後的生活過得很快樂。

　　也許是受了工作影響，天天摸書的工作讓我和書變成了好朋友。有的書要精讀，有的書只要翻一翻，日積月累、不知不覺的，書給了我很多的快樂，啟

發我的心靈。但我對自己的孩子從來不逼他們得看哪些書，因為閱讀是生活中的一部分，尤其引導他們和書做朋友，絕對不能勉強。我的兩個孩子，一個喜歡買書、看書，一個對書的興趣不高，我讓他們自由發展，還好他們都能做他們喜歡做的事，不管喜不喜歡閱讀，相信多少都會受到我的影響。所以父母對子女不一定要求考試考高分，培養孩子興趣，本身做孩子的榜樣，無形中自然會影響到他們的言行，以及做人做事的態度，我沒有教導孩子的理論，有的就是讓他們自由發展！

想起阿嬤的床邊故事……

真的很高興、也很榮幸能為馬老師這本新書繪圖！

當我接到這本書的內容時，其實有點停頓了。哇！時空背景跟我的年紀實在有很大差距，真的很難想像當時的情境耶！

不過，當我慢慢看完這本富於感性、童趣及冒險的故事之後，我也想起了小時候和阿嬤住在鄉下的點點滴滴……由於阿嬤也是在戰亂時期由廈門逃到臺灣，所以小時候，我的床邊故事就是聽阿嬤說她的人生故事，

就這樣，我的回憶加深了我的靈感，手就停不下來地把這本書完成了。

好故事真的能夠感動人，尤其是能勾起你的美好回憶。雖然阿嬤不在了，

但我常常想起她……

繪者小檔案

自由插畫工作者，喜歡天馬行空的創作及玩樂。
辦過幾次個展，出過幾本書，養了一個超可愛的小孩、
兩隻兔子、一隻烏龜，也是個教畫畫的老師。
喜歡這份工作的自由，也喜歡拿到新書的成就感，
一本本在書櫃上擺出我對插畫世界的夢想與期待。
http://blog.roodo.com/jungle19720205

【目錄】

爺爺的木廠

我小時候沒見過爺爺，我出生的時候，他已經不在了，只有從一張發黃的老照片上看過。爺爺個子很高、很瘦，頭上戴著一頂像回族頭上戴的帽子。

他很神氣的樣子坐在太師椅上，腰挺得很直，鼻子很大、很挺，從相貌上看，顯然有回族人的血統。

母親告訴我說，奶奶去世得早。父親在十三歲的時候，跟著祖父離開河北省的景縣馬家堡，到了河北省良鄉縣的琉璃河鎮。父子倆靠做木工維持生活。經過一番奮鬥，自己開了家「興隆木廠」，也有了自己的家，生活才算安定下來。

由於祖父和父親都不識字，因此常常被人欺騙，不久連辛苦買來

的房子也賣了還債。

在我的記憶中，小時候曾經搬過四次家，從小鎮的南頭，搬到小鎮的北邊。

祖父不在了，父親做些零活兒維持一家十口生計。父親學了一手好手藝，尤其是灌田用的水車、

燒飯時吹風用的風箱。有時多出來的木料，用來做成棺木。

也許是迷信，如果賣不掉，母親就拿雙舊鞋子打棺材

蓋，大概是碰巧，不久真的有人把棺木買走了。

我們家人口多，開支很大，有時玉米麵太貴，

尤其是春天時候，要到田裡去挖野菜與玉米麵和

在一起當飯吃。每當過年了，那日子更不好

過，父親收入不多，欠了人家的錢，這時討債的人來要錢，父親只好躲起來，一直躲到年三十除夕夜，要吃年夜飯了才敢回來。因為做生意的人也講點人情，家家都在吃團圓飯了，也不好再來討債，所以父親才敢回家過年。

我一直牢牢記住，爺爺和父親由於不識字，吃了好多苦頭。會被人欺騙、在社會上吃苦，都是因為沒念過書、上過學，所以省吃儉用，讓大哥讀到高中，但我和其他姊姊哥哥就無法持續，因此，我是靠半工半讀才上完大學。

　　我在戰亂時代長大，到臺灣時當了個小兵，白天在圖書館工作。我一直記住爺爺和父親沒讀書的苦楚，晚上偷偷跑出營區外讀書，中學、高中和大學都是讀夜校，當時年紀雖小，卻有一股力量鼓勵我，那就是父親工作艱苦，我不敢不努力，所以才有能力在社會上生存下來。

打算盤

在我的記憶中，我上小學時年紀很小，可能還不到上學的年齡，不知道為什麼提早上了學。教室是在廟裡的大禮堂，很大，光線很暗，但擠滿了小學生。

最讓我頭痛的課是打算盤。那個算盤很大，不是商店算帳先生用的那一種。進到教室只聽到呱啦呱啦算盤子響的聲音，就像過年放鞭炮一樣。老師一進來，立刻就沒有聲音了。

老師站在高高的講臺上，一個一個點名上臺，站在好大的算盤下打算盤。我最怕上臺，可是又偏偏會點到我的名字。

算盤很大，算盤子也很大，又掛得高高的，我的個兒小，搆不到算盤，要踮起腳尖兒才勉強撥得到

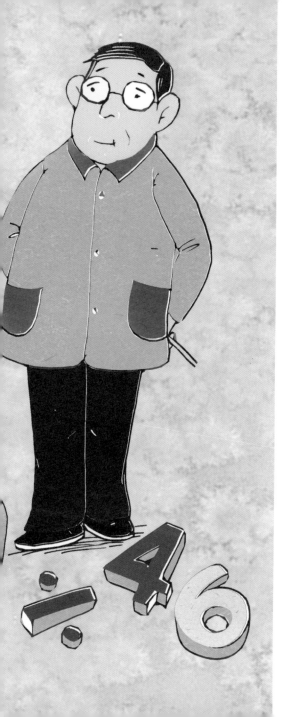

算盤子。「三下五除二」是什麼意思我根本不懂，老師一邊說，我一邊站著發呆，老師催促著說：「打呀！三下五除二！」我看看老師，看看大算盤，根本聽不懂，這時引起同學們一陣哄堂大笑，立刻就被老師趕下臺了。

從此，看到算盤就怕，夜裡做夢也會被打算盤嚇醒。也正因為如此，從小就怕珠算，至今仍然不會打算盤，連帶著也對數學有了恐懼感，段考六十分就會高興得

跳起來。

　　心裡所以會對數學興起恐懼感，現在想起來，一是老師教法有問題，一是我腦筋不靈光，直到初中、高中，我對數學這門課仍然有種莫名的排斥感。

　　最糗的是，有一次上臺打珠算，數字很簡單，但是打不出來，急得要小便。大哥可能看出來了，立刻要我休學，再過了一年多，年紀大一點，才又重新進入小學。原來這是提早上學的關係。

　　數學雖然不好，但我畫畫很不錯，當時還是中日戰爭的時候，在日本人反美國的情緒下，我們學生不管年紀大小，都要畫「反美國的畫」。我們最最常畫的是大炸彈，上面畫上一面日本國旗，正好把美

國大鼻子炸死的畫面。
人人都畫同樣的圖畫；
教室裡的牆壁上貼滿我
們的圖畫。

　　也因為這樣，雖然
小學時珠算打不好，卻
讓我對畫畫產生了興
趣，現在我寫故事、寫
兒歌，都是自寫自畫，
這點是一大收穫呢！

　　以前參加考試時，心裡會害怕，考大學時，連考多次都沒有錄取，最後發現不是自己能力不夠，最大的原因是念書時太不專心，想東想西，最後連書本都看不見了，所以學習什麼都要專心才會學好。

現在我也了解到，學任何東西，例如我寫故事、畫畫，先要摒除心理

障礙，不要怕，有了自信就會學好。

有人喜歡看山、看水、看畫，我卻喜歡看牆。

小時候，哥哥姊姊的年紀都比我大好多，玩不到一起。在我的記憶裡，他們很少帶我去玩，嫌我太累贅，連放風箏的時候也不讓我拉拉線過過癮。所以，雖然我有四個哥哥和四個姊姊，但是我的童年是孤獨的，因此就養成我愛幻想做白日夢的習慣。

父親做的是木器生意，工人收工後，地上常常留下一大堆鋸下來的木塊，圓的、長的、方的，有各種不同的形狀。那時候還沒有什麼「積木」。我在寂寞無聊的時候，就拿那些木塊堆房子、搭飛機、火車或是拼湊成各種動物。有時候一個人在炕上一玩就是半天兒。

玩累了，就玩「看」的遊戲。北方鄉下的房子裡，那時候還沒有

現代化的天花板，屋

頂是用高粱稈搭成架子，

然後一層一層糊上紙。這種

舊式的天花板叫「頂棚」。時

間久了，頂棚上的紙會變顏色，

有時候房屋失修漏水，頂棚上的紙

漬了水，等紙乾了之後就會留下很

多水印，圈圈點點，條條塊塊，仔細去看，那些花紋真是美極了，有花鳥、山水、動物。在我孤獨的童年中，給我帶來很多的樂趣。

後來，我從看頂棚，又發現了「看牆」的趣味。北方

鄉下的牆，有的用磚，也有用泥堆成的。日子久了，不論磚牆或是土牆，上面塗的泥土，會像拼圖一樣，一塊一塊脫落下來，牆上就會留下各種不同的形狀圖案，細細去看就會有好多不同的變化。

　那些有錢人家，跨進大門口時都有一道影壁（編按：又稱影壁牆，古時候有錢人在房子的大門內或門外，會以一道短牆來遮擋外人直接看到門內，以維護隱私，這道牆會以雕塑或彩繪裝飾。），免得外面路過的人一眼就看到院子裡的情形。這道影壁是用來遮著外面人的視線的。那些影壁上大多畫上龍鳳呈祥、松竹梅歲寒三友，最簡單的寫個大「福」字，再講究點的還在影壁前擺一口大魚缸。這些設計除了美化外，也有是為了風水。不過如年久失修，影壁上的畫脫落

後，只剩斑斑點點，但細細看上去也挺有意思，有的變成潑墨畫，有的像抽象畫。不過這要憑點看的眼力功夫！隨便看一眼是看不出來的，要有點想像力才會看出其中趣味。

從看頂棚、看牆、看影壁，養成了我另外一種看的方法。我在植物園附近上班，四十多年來，看著池塘裡的荷花花開花落。每當荷花盛開的時候，總是吸引不少賞花的人。但是我跟別人的看花就不一樣，我愛看盛開的荷花，但更愛看那荷花盛開後的殘荷。

殘荷的枝葉橫七豎八的樣子和水中倒影，細細欣賞，就會發現有許多像八大山人畫的殘荷，有的比現代的抽象畫還抽象，有現代美也有古典的美，那種意境只能自己去體會，不是文字所能描寫得出來

的。

　　從看牆我發現我學會了細心觀察東西的習慣，從觀察又學會了耐心，因為沒有耐心是靜不下來的，當然更不會有什麼想像力了。

　　其實「看」也是「學問」，隨便看和細看是不同的。我從看牆學會了欣賞生活中的點點滴滴。就拿路邊的幾棵小草來說，細看時，怎麼看怎麼美，我想再有才華的畫家，也難畫出它那隨風搖動的姿態。從看牆我得到最大的收穫，是讓我懂得生活要快樂，就要自然自在，自然就會心安理得，哪還會有什麼煩惱呢！盛開的花朵很美，落葉片片也另有一番情景，多學習看看生活中、自然中的點點滴滴，就會得到「看」的樂趣了。

七月十五放河燈，那是中元節的大事。這一天為了超渡死去的人的亡魂，人們祭祀祖先，懷念親人，寺廟則叫作盂蘭菊會，誦經放河燈。七月十五中元節又叫「鬼節」，祭典又稱作「盂蘭盆會」或「盂蘭會」，在民間，這個節日跟清明節一樣受到重視，是自古至今已經流行好久的民間習俗。

我的家鄉是一個小鎮，有一條彎彎的小河環繞著小鎮。童年時，這條小河帶給我很多難忘的回憶。

河岸兩邊有許多楊柳樹，柳條隨著春風飄搖，像一面一面的大窗簾。我們小孩子在柳條間跑來跑去。跑累了折一段柳條枝，用手不停的搓揉，讓樹皮鬆軟，抽出樹皮中的木心，只剩一層空心的柳樹皮，

就成了一個吹得出聲音的柳樹笛兒，大家一吹起來，樹林中便不斷響起柳笛的聲音。

春天轉眼過去，夏天的小河又成了我們小孩子的遊樂場。大家脫光衣服，像一群小鴨子，噗通噗通跳下水，比賽看誰游水游得遠、誰在河底憋氣憋得久。

游水游累了就在河邊的石頭堆、草叢裡摸小魚和小蝦，抓到蝦子，把牠的頭去掉，放在嘴裡吃掉，也不管乾淨不乾淨，只覺得甜甜脆脆，好吃極了。

河邊有許多蘆葦，裡面有許多水鳥下的蛋和剛出生的小鳥，不過常常被天上掉下來的圓圓滾滾的冰雹打死，看了真讓人害怕。

放河燈　45

秋天，山裡下了大雨，小河變成洪流，山上果樹掉下來的梨、棗兒，順著河水漂流下來，大家爭先恐後的撈上來，有的因為在河水裡泡太久，都爛了，好不容易撈上來卻不能吃。

冬天，河水凍成厚厚的冰，小河變成寬廣的大馬路。大馬車在冰河上跑來跑去。我們沒有溜冰鞋，只能坐在磚上兩個人拉一條繩子，一前一後，一人拉一頭，一個人坐在磚頭上，另外一個在前面拉著跑，有的人沒拉好繩子，兩個人鬆了手，一前一後都摔了個四腳朝天，屁股坐在硬邦邦的冰上，痛得說不出話來，不但不喊痛，反而嘻嘻哈哈大笑起來，接著又再玩「拉水車」。

在童年時，小河帶給我們難忘的快樂回憶，但有一件事到現在仍

然讓我難忘。當時是到處兵慌馬亂的時候，到處都很不安寧。當時由北京坐火車路過小鎮下車的旅客，有許多人要經過小鎮，但常常有路過小鎮的人不明不白的不見了。而且失蹤的人愈來愈多，報紙上的斗大標題寫著「能過鬼門關，不過琉璃河」的新聞。

小鎮上沒有自來水，家家戶戶洗刷衣物，都要到小河邊去刷洗，可是有一天突然間，沒有人敢再到河邊去洗刷衣物。後來才知道河裡常常有死人從河底冒出水面，嚇得大家不敢再到河邊去。

從河裡冒出來的人，不知道是誰，不知道什麼時候掉下水的，也不知道為什麼會被捆綁上繩子扔到河裡去。日子久了，捆在身上的繩子被流水沖斷了，才會一個一個浮出水面。由於接二連三從河流中冒

出死屍來，鎮上的好心人為了這些無名冤魂超渡，就在七月十五鬼節舉辦法會時放河燈。

法會在快天黑時放河燈，有的河燈是用吃過的西瓜皮，在上面點上一支蠟燭，順著河水漂到遠方。河面上閃爍著點點燭光，好像每個冤魂兒都頂著一盞燈離開遠去。

在戰亂的年代，的確有許多人不明不白的死去。到後來才弄明白，這些從河底冒出來的人，只是歹徒為了要一些錢財就把人活活的扔到河裡，真是太沒天良了。這都是童年時戰亂的事，至今仍舊深深印在腦海裡，時間雖然很久了，但卻都是永遠忘不了的往事。

年糕
艾窩窩
驢打滾兒

年糕、艾窩窩和驢打滾兒，是在大陸北方用糯米做成的食物，也是我小時候最愛的吃食。

每逢過年時，家家戶戶都忙著蒸年糕，這是過年時候的大事。

當母親蒸年糕時，我會在爐竈旁幫忙添柴火，不要讓火熄掉。幫忙時，我不停的看母親做年糕。蒸年糕的鍋很大，先撒上一層糯米粉，再扔上一些棗兒在上面，再撒上一層糯米粉；一層粉

上放上幾個棗兒，有時不放棗兒，放紅豆，一層一層的放好，然後蓋上大鍋蓋，開始蒸起來。時間到了，打開鍋蓋，眼前呈現的是一個圓圓、厚厚、黃黃、熱騰騰好吃的年糕。

年糕蒸熟了好吃，放冷後，因為北方冬天很冷，凍成硬邦邦的年糕一咬起來有彈性，更好吃。

驢打滾兒是用糯米麵做的，將糯米麵蒸熟後，變成一大塊糯米糰，然後做成薄薄的薄片，在上面撒上紅糖，把糯米捲起來，滾來滾去，像小毛驢在地上打滾兒，所以叫「驢打滾兒」。然後再切成一小段一小段的，外面沾滾上香香的黃豆粉，紅紅的糖漿流出來，吃起來又甜又香，好吃極了。

至於艾窩窩，家裡很少做，因為要用白糯米，白糯米價錢比較貴，一般家庭不自己做。白糯米會做成像餃子皮大小，抹上一點紅豆沙，用三個指頭一捏，便成一個立體三角形狀，這就是好吃的艾窩窩了。因為不是家裡自己做，要花錢買，所以吃艾窩窩得口袋裡有錢，沒錢只有用眼睛看。

　　童年愛吃的還有棗兒糕，那是把棗子碾成粉，壓成一大片，再切成四四方方的，樣子像一塊餅乾，吃起來酸酸甜甜，這也只有媽媽給零用錢時才能買來吃。

　　現在想起來，並不是真的想吃，而是對過去家鄉一絲絲的懷念。就是想吃，返鄉後即使遍尋也找不到了，就算找到了，不是變了樣

子，就是口味不對，心裡想的和真實的都變了，變的不是那些愛吃的食物，變的是自己。因為年紀大了，童年時期的人、地、物都在變，一切都變得很生疏，只能用自己的想像去感覺，那感覺是酸酸甜甜，也許那就是童年的味兒吧！

抱著老母雞逃難

「一個圈兒──」

「兩個圈兒──」

「三個圈兒──」

一架飛機像老鷹一樣，飛得很低很低，在空中不停的打轉兒。我站在田邊上數著它轉幾個圈兒，它轉一個圈兒，我就吃一個棗兒。

秋天，正是北方農人們收割的季節，是最忙碌的時候，每家屋頂兒上晒的，房簷兒上掛的，門口兒上堆著的，場裡堆著的，都是玉米和黍子。秋天的陽光照在上面，那金黃色的玉米和黍子格外的耀眼，到處都是一片金黃色。

我在地頭兒玩我的，媽跟哥哥姊姊他們，像機器人一樣，一會

兒站起來直直腰，很
快的又彎下腰去，
他們不停的摘棉
花。他們不但不
理我，就是像天
上飛的飛機那麼
好玩的東西，也
不看一眼，我心裡
想：他們好傻啊！

嗡……嗡……嗡……

飛機不停的在附近轉圈子。突然好遠的地方，聽到爸爸喊我們的聲音，聲音由遠而近，由小而大，很快的就到了田邊上。

「你們看到了沒有？飛機在頭頂兒上，你們不怕死啊？鬼子快來了！」爸爸急躁又生氣的繼續說：「快！快！你姨兒他們一家都來了！」

「他們來了？」媽擦擦滿頭的汗珠兒問。

「問我們要不要跟他們一塊兒走，聽說日本鬼子馬上就來。」爸爸喘著氣說。

聽了爸爸的話，突然大家都有點害怕起來，很快的把摘好的棉花桃兒收在筐子裡，匆匆忙忙的趕回家裡去。我不懂是什麼事，問了半天也等於白問，不但爸爸媽媽不理我，連哥哥姊姊也不理我，最可氣的是他們走得特別快，我得小跑著才能跟得上他們。心裡愈想愈氣，愈氣就愈拚命的往嘴裡塞棗兒吃。

小鎮上逃難的人愈來愈多，嗡嗡的飛機聲音也愈來愈大。突然間，聽到不斷的轟隆轟隆炸彈聲，有一顆就落在我家後門口不遠的地

方，把窗戶上的大玻璃全都給震碎了。

「媽呀──我們快逃吧！」四姊大聲哭了起來。

大家都嚇呆了。

「媽，我們快逃走吧，媽──」我看四姊哭，我也哭了。

媽把我們摟在懷裡，聲音很低的跟爸爸說：「你看怎麼辦？」

「逃吧！」

「逃？」

「看樣子非逃不行了。」爸爸很肯定的說。

「可是⋯⋯田裡的棉花，還有⋯⋯」媽一邊說，一邊看著院子裡
養的兩隻大肥豬。

「唉！這是什麼時候了？逃命要緊！一條豬一隻雞還管牠們幹什麼，要走就快點兒走！」

爸爸是個不太愛講話的人，平常日子，一天也難得跟我們說上一句話，但是他的脾氣很急，所以說完了話，也沒有再跟媽媽商量什麼，就把缸裡存著的糧食，跟一切能吃的東西，都倒在院子裡，留給雞跟豬吃。然後，又把大哥留在家裡的洋書，統統燒了。

媽把三哥四哥做的童子軍制服，也要往火裡丟。

「媽，我們要帶著走！」三哥四哥攔著媽，哀求她不要把衣服燒掉。

「這怎麼能帶？日本鬼子看見了，那可不得了哇！」

「媽——我們⋯⋯」他們流著眼淚說。

「你們看，這上面有青天白日國徽，萬一讓鬼子查到了⋯⋯」媽很小聲的對他們說。

爸爸從媽的手裡用力一拉，把制服扯過來，順手就扔在火堆裡。媽給每人提了一個小包袱，爸爸擔著一個擔子，只有我用籃子提著一隻黑老母雞。媽捨不得丟下這隻會下蛋的雞，因為這隻雞每天都會下一個蛋，一年中很少有幾天不下的。

三哥四哥他們眼汪汪的，看著他們剛剛做好、還沒有穿過的童子軍制服一點一點燒完了才肯走。一邊走還一邊回轉頭看看冒著的火焰，走幾步又回頭看。最後還是爸爸用力在他們背上推了一下才走。

中秋節雖然快到了，可是大街上每一家月餅店的大門早就關上了，人也早就逃光了，只是從店門口走過時，還會有一陣一陣月餅味鑽進鼻子，真香，不過除了我，我們全家人恐怕沒有誰想這些事兒。

出了城，逃難的人比城裡還多，還有不少從前方退下來的傷兵。沿著路旁，還有很多受了傷的軍人，槍砲也扔在路旁。還有不斷的淒慘的呼叫聲，聽

了真教人怕。那時天色也漸漸暗了下來，可是逃難的人群仍然連夜在逃，人群像一條連綿不斷的黑色長帶子，蜿蜒在黑夜裡。

「媽，我走不動了！」我走得很累很累了。

「快走，後面日本鬼子來了！」媽小聲悄悄的在我耳邊說。

我聽了，兩條腿好像立刻有勁兒多了，就又跟在大人後面走，我記得，一路上沒有停過。我提著的那隻黑老母雞下第二個蛋的那天，也就是離開家的第二天下午，我們全家人手拉著手，一個牽著一個，好像小孩玩老鷹捉小雞一樣，渡過了一條河。河水很淺，但是水流得好急，一不小心便會倒下去，有不少人被沖倒，東西沒拿好，被河水沖走了。還好，我提的那隻黑老母雞沒被沖走。

　　第三天，我提著的老母雞下了第三個蛋。

　　我們已經沒有大路可走了，前面有一座又高又大的山擋住了。所有逃難的人，要往前走，就得走過一條懸崖上狹窄的小路，那條小路只能通過一個人，而且有時候還要面對著山崖，一點一點擦著過去。

當我們提心吊膽的走過以後，

每個人的衣服都被懸崖上滴下來

的水滴溼了，又溼又涼，大家就

趕快撿些樹枝點燃取暖，把溼衣服烤

一烤。原來這個地方的名字就叫

「水獄」。

走過了懸崖，路變得平坦好走了，逃難的人也不像之前走得那麼快了，有些人還向各個不同的方向走去。爸爸帶我們到了山上一座大廟前休息，廟門前有好幾棵高大古老的松樹，有一個賣柿子的，每一個柿子差不多都像小飯碗那麼大。我們買了好幾個來吃，又甜又脆，吃得大家很開心，早把日本轟炸的事給忘光了。

當天晚上，我們投宿在一家山上人的家裡，好幾戶山上人家也都擠滿了逃難的人。山裡人待人很好心，不但給我們住，而且把他們做的月餅拿給我們吃。

　　我們吃不慣他們的飯，因為都是酸酸的味道，連菜都是帶著酸酸的味兒。我們吃不下，就到果園去摘鴨梨吃，又大又香，在園子裡的梨儘管吃，但是不准帶走。

　　夜裡我們跟很多不認識的人擠在一起睡。那天夜裡不知為什麼我睡不著，就睜著眼睛看窗外的大月亮，心想：這要是往年，正是要過中秋節的時候。看著看著，突然好像有一個人頭，從窗外往裡面看，看一會兒，又縮下去，看一會兒又縮下去，嚇得我連忙用被子把頭蒙

起來，但是我又好奇，蒙了一會兒又把被子拉開偷偷的看一下，那個一上一下的人頭還在那兒動。我真是心裡好怕啊，就突然大聲喊了起來：「有鬼呀！有鬼！」

我一喊，把所有熟睡的人都給喊醒了，講給大人們聽，他們也不相信。有一個人，看我說得繪聲繪影，就走了出去，沒有多久，他抓了一隻猴子回來，原來「鬼」是一隻調皮的小猴子。

黑老母雞生下第十五個蛋的那天，從家鄉傳來消息說，日本兵繞道兒過去了，鎮上已經平靜下來，有的人已經回家開門做生意。我們不敢馬上回家，就先到鄉下舅舅家住了些日子，爸爸先溜回鎮上打聽了一下，才把我們領回家。

我們回到家那天，大家一進院子，兩隻大肥豬見了我們，像見了親人一樣，一直哼啊哼啊的叫個不停，家裡一切都沒變。三哥四哥一進門就忙著在燒書的火灰中亂翻，他們找到了沒燒掉的童子軍帽上的帽徽，兩個人一聲不響的把帽徽偷偷的放在口袋裡。

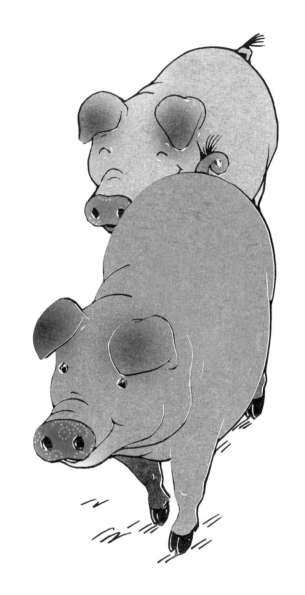

這是我「第一次」逃難的經驗，那時我大概六歲多，可是那些往事我一直到現在還忘不了。因為這一次逃難，使我懂了不少事，使我好像一下子長了好幾歲。後來我是一個人逃難，我抱著的不是老母雞，而是一顆快快重回家園的心。

母親的遺產

「媽，我走了。」

我拎著一個像書包一樣大的小包袱，一腳跨出門檻兒，轉著頭跟母親辭行。我的聲音很小，生怕別人聽見。因為這是第三次離家了。前兩次都沒有走成，這次當然更沒有把握一定走得了，我根本沒有一點信心。

母親和舅舅在喝茶說話，連看我一眼都沒有。母親的臉上沒有一絲的離愁，沒有叮嚀也沒有一滴淚水。她喝了一口茶，繼續跟舅舅聊天兒。

我離家從北方到上海是想讀書。那時候我小學畢業已經兩年了，剛剛結束八年抗日，不久社會又亂了起來，家境不好，不可能再有求

學的機會。這時在上海的大哥來信，希望我到上海去求學。這才又燃起我求學的欲望。當時交通很亂，從小鎮到北平的鐵路三天兩頭兒就斷，所以前後兩次都沒有走成。

第一次離家，從小鎮到北平的鐵路中斷沒走成。

第二次離家，有人要到上海，可以順便作伴照顧我，可是到了北平，又臨時取消了。

兩次都沒走成，在失望焦急的心情下，一夜之間我兩隻眼睛竟紅腫得像桃子。母親說：「你急吧，急瞎了眼睛看你怎麼辦！」

第三次要走時，母親顯得那麼冷淡，我想她心裡也在想，反正你走不成了。但萬萬沒有料到，就在「媽，我走了。」短短一句話中離

開了她，而且一晃悠就是幾十年。

當時我的確很天真，到上海倒不一定是想求學，實在是想看看海上的大輪船，看看上海繁華的大都市。母親怎麼勸說也不聽，走就是要走，我相當的任性。

在家裡我排行老九，母親很疼我這個兒子。在我決定要到上海的時候，母親早就準備好我的行李，那只是一個小包袱，裡面有一套學生服，一床全家最好的氈子——只有在過年的時候才捨得拿出來鋪在炕上。

　　說起這條氈子也很有趣，那是在日本人撤退的時候，一個日本兵餓得沒東西吃，用氈子跟我們交換食物來的。淺土黃色、半新不舊的氈子，上下有兩道黑色花紋，薄薄的。在氈子的左上角有個被香菸燒破的小洞，約莫有一塊錢銅板那麼大。當我決定要走了，母親坐在炕頭兒靠著窗戶，戴著她那副只有一片鏡片的老花眼鏡，像繡花一樣，

一針又一針，密密麻麻縫補那個破洞。

從窗戶鑽進來的陽光，很清楚看見母親的淚水從沒有鏡片的眼鏡後面流下來。她一邊縫一邊囑咐我，不要像在家裡那麼任性，要好好的讀書，要……最後沒了聲音，只有淚水一滴一滴流著。

第三次要離家，我是沒抱一點希望，母親和三哥也是這麼想。所以沒有人送我，只有三哥塞給我九塊錢金圓券，那是他當時一個月的薪水。

我上了火車，從車窗遠遠望去，還可以看到家裡院中那棵大香椿樹，淚水不停的往下流。我把臉緊緊貼在車窗的玻璃上，生怕有人看到。那天火車開得特別慢，真像牛車一樣，原本一個小時竟走了三個

多小時，到了北平已經是天黑了。

第二天，比我大兩歲的外甥幫我買了一張到天津的火車票。可是從天津到上海的船票就很困難，在大哥的朋友幫忙下，等了九天才買到船票。

上船時，朋友塞了三個大饅頭在我的小包袱裡。登上船剛要往船艙走下去，立刻被人攔住。原來我的船票只能在甲板上，沒有資格到船艙裡去。甲板上有臨時撐起來的布棚子，沒有編號，誰先占上就是誰的位子。我搶先占了一個空位子。

北方九月入秋的天氣已經很涼。晚上海風大，很冷。我把小包袱打開，拿出那條氈子蓋在身上擋風。夜裡摸到母親縫補的那個小洞

時，心裡酸酸的，這才想到她一直對我說的「在家千日好，出門一日難」的道理了。

海風大，船搖動得很厲害，饅頭吃不下，口很渴。我旁邊的中年人，一看就知道他是個有經驗的出門人，吃的喝的都準備得很齊全。他看我口乾的樣子，竟好心的給了我一瓶汽水，我拿起來就喝下去，可是滿嘴流了鮮血，原來那瓶子口破了，他怕扎破嘴才給了我。他看了也有些不好意思說：「你的嘴流血了。」我擦擦嘴上的血，對他笑了笑，我還是很感謝他讓我有一口水喝。

後來到了上海，因為時局太亂了，仍然沒有求學的機會。不久，就穿上了一身非常不合身的灰軍裝，當時，我年紀太小不能當兵，只

好冒用別人的名字當了小兵，然後隨著軍隊，帶著那床氈子到了臺灣。

這麼多年來，那條氈子一直跟著我跑東跑西。尤其每當寒冷的晚上，蓋上後特別感到溫暖，真像母親陪在我的身邊一樣。時間太久了，氈子開始風化，一動就破，中間一絲一絲的像蜘蛛網，可是母親縫的那個小破洞，仍然很牢，跟剛縫的時候一樣好。我小心的把氈子珍藏起來。

每當天有點涼，我就會想起那條氈子。我有一個奇想，想把母親縫的破洞剪下來，用鏡框框好掛在牆上，這不僅是一件愛的藝術品，也是母親留給我最珍貴的遺產！

國家圖書館出版品預行編目資料

抱著老母雞逃難 / 馬景賢著；吳嘉鴻圖. - 初版.
　--台北市：幼獅, 2012.08
　　面；　　公分. --（新High兒童故事館；9）

　ISBN 978-957-574-875-3（平裝）

859.6　　　　　　　　　101011737

・新High兒童・故事館・9・

抱著老母雞逃難

作　　者＝馬景賢
繪　　者＝吳嘉鴻
出 版 者＝幼獅文化事業股份有限公司
發 行 人＝李鍾桂
總 經 理＝廖翰聲
總 編 輯＝劉淑華
主　　編＝林泊瑜
編　　輯＝黃淨閔
美術編輯＝黃瑋琦、李祥銘
總 公 司＝10045台北市重慶南路1段66-1號3樓
電　　話＝(02)2311-2832
傳　　真＝(02)2311-5368
郵政劃撥＝00033368

門市
●松江展示中心：（10422）台北市松江路219號
　電話：(02)2502-5858轉734　傳真：(02)2503-6601
●苗栗育達店：（36143）苗栗縣造橋鄉談文村學府路168號（育達商業科技大學內）
　電話：(037)652-191　傳真：(037)652-251

印　　刷＝欣佑彩色製版印刷股份有限公司　　幼獅樂讀網
定　　價＝260元　　　　　　　　　　　　　http://www.youth.com.tw
港　　幣＝87元　　　　　　　　　　　　　 e-mail:customer@youth.com.tw
初　　版＝2012.08
書　　號＝986249

幼獅文化公司／讀者服務卡／

感謝您購買幼獅公司出版的好書！

為提升服務品質與出版更優質的圖書，敬請撥冗填寫後（免貼郵票）擲寄本公司，或傳真（傳真電話02-23115368），我們將參考您的意見、分享您的觀點，出版更多的好書。並不定期提供您相關書訊、活動、特惠專案等。謝謝！

基本資料

姓名：＿＿＿＿＿＿＿＿＿＿＿＿＿＿＿＿先生／小姐

婚姻狀況：□已婚 □未婚　職業：□學生 □公教 □上班族 □家管 □其他

出生：民國＿＿＿＿＿年＿＿＿＿＿月＿＿＿＿＿日

電話：（公）＿＿＿＿＿＿（宅）＿＿＿＿＿＿（手機）＿＿＿＿＿＿

e-mail：＿＿＿＿＿＿＿＿＿＿＿＿＿＿＿＿＿＿＿＿＿＿＿＿

聯絡地址：＿＿＿＿＿＿＿＿＿＿＿＿＿＿＿＿＿＿＿＿＿＿＿

1.您所購買的書名：**抱著老母雞逃難**

2.您通常以何種方式購書？：□1.書店買書 □2.網路購書 □3.傳真訂購 □4.郵局劃撥
（可複選）　　□5.幼獅門市 □6.團體訂購 □7.其他

3.您是否曾買過幼獅其他出版品：□是，□1.圖書 □2.幼獅文藝 □3.幼獅少年
　　　　　　　　　　　　　　　□否

4.您從何處得知本書訊息：□1.師長介紹 □2.朋友介紹 □3.幼獅少年雜誌
（可複選）　　□4.幼獅文藝雜誌 □5.報章雜誌書評介紹＿＿＿＿＿＿報
　　　　　　　□6.DM傳單、海報 □7.書店 □8.廣播(　　　　　)
　　　　　　　□9.電子報、edm □10.其他＿＿＿＿＿＿

5.您喜歡本書的原因：□1.作者 □2.書名 □3.內容 □4.封面設計 □5.其他

6.您不喜歡本書的原因：□1.作者 □2.書名 □3.內容 □4.封面設計 □5.其他

7.您希望得知的出版訊息：□1.青少年讀物 □2.兒童讀物 □3.親子叢書
　　　　　　　　　　　□4.教師充電系列 □5.其他

8.您覺得本書的價格：□1.偏高 □2.合理 □3.偏低

9.讀完本書後您覺得：□1.很有收穫 □2.有收穫 □3.收穫不多 □4.沒收穫

10.敬請推薦親友，共同加入我們的閱讀計畫，我們將適時寄送相關書訊，以豐富書香與心靈的空間：

(1)姓名＿＿＿＿＿＿ e-mail＿＿＿＿＿＿ 電話＿＿＿＿＿＿

(2)姓名＿＿＿＿＿＿ e-mail＿＿＿＿＿＿ 電話＿＿＿＿＿＿

(3)姓名＿＿＿＿＿＿ e-mail＿＿＿＿＿＿ 電話＿＿＿＿＿＿

11.您對本書或本公司的建議：

10045　台北市重慶南路一段66-1號3樓

幼獅文化事業股份有限公司 收

客服專線：02-23112832分機208　傳真：02-23115368

e-mail：customer@youth.com.tw

幼獅樂讀網http：//www.youth.com.tw